TULSA CITY-COUNTY LIBRARY

HKJC

FEB -- 2013

D1171480

ANNE GUTMAN · GEORG HALLENSLEBEN

Gaspard et Lisa

Brioche

la fourmi
et l'éléphant

– Nous aurons bientôt un nouveau dans la classe,
nous a annoncé Madame Baladi.
À la récré, on a fait des paris. Cinq pensaient
qu'il serait brun, sept qu'il aurait des lunettes,
et trois qu'il ne parlerait pas français.

Le soir, papa m'a expliqué qu'être nouveau dans une classe
c'était difficile et que ce serait bien que, demain, je m'assoie
à côté de lui et que je devienne son amie.
Et il est arrivé. Il n'était pas brun, mais plutôt gris.
Il n'avait pas de lunettes et ne parlait pas français.
Mais il ne s'est pas installé à côté de moi...

... C'était un cochon d'Inde ! Sûr que j'allais devenir
son amie !
Madame Baladi nous a expliqué qu'on le lui avait offert,
mais qu'à cause de Jean-Claude, son chien,

elle ne pouvait pas le garder chez elle et que c'était
très bien comme ça parce qu'on allait pouvoir
en profiter pour faire de la « vraie » science naturelle.
On allait l'étudier et s'en occuper. Et à tour de rôle,
pendant les vacances et les week-ends, il faudrait
l'emmener dans nos maisons par ordre alphabétique.

Au bout de très longtemps
à cause du « L » de « Lisa »
et qu'en plus il y a deux Adrien
dans la classe, ça a été mon tour.
Ce week-end, Brioche allait venir chez moi !

J'avais tout très bien organisé.
J'avais même rangé ma chambre
pour qu'elle ait de la place.

Même si j'avais bien compris qu'il ne fallait jamais,
jamais la sortir de sa cage. Sinon, il y aurait
« des dégâts partout et ce serait une catastrophe
et la dernière fois qu'on aurait un animal à la maison »,
comme avait dit papa.

J'adore Brioche : elle est trop mignonne et très
intelligente en plus. Par exemple, si tu dis très fort
son nom, elle tourne la tête. Et pour sa roue,
elle ne tourne pas chaque fois dans le même sens ;
comme ça elle ne regarde pas toujours la même chose :
elle est très observatrice.

On l'a regardée pendant
des heures ; on n'a même pas allumé la télé.
Mais Victoria m'a pincée parce que
je ne voulais pas que Brioche dorme dans
sa chambre et on a été privées d'histoire.

Maman a bien voulu laisser une lumière pour que je surveille Brioche de mon lit.
Mais je ne voyais pas très bien...
J'ai ouvert doucement sa cage... et j'ai installé Brioche dans mon lit, sur mon oreiller.
Elle me chatouillait la tête, c'était trop drôle !
Le matin, j'ai voulu remettre Brioche dans sa cage avant que les autres ne se lèvent...
CATASTROPHE !

Brioche n'était plus dans mon lit.

Elle n'était pas non plus dans le salon, ni dans la salle de bains. Elle n'était pas retournée dans sa cage : elle était perdue.

Quand ils m'ont vue sous les tiroirs de la cuisine, papa et maman ont tout de suite compris.
– J'étais sûre que tu ferais une bêtise, a dit Victoria. Alors, papa et maman, eux, n'ont rien dit.

J'ai téléphoné à Gaspard. Il m'a dit que ce n'était pas
de ma faute, que c'était un animal sauvage qui a voulu
retrouver son milieu naturel mais que le problème,
c'est que Madame Baladi allait sûrement me punir
et que les autres de la classe ne voudraient plus jamais
me parler.
– J'ai une idée ! j'ai dit.

On n'a pas trouvé tout de suite les cochons d'Inde mais
des lapins trop mignons et des chats encore plus mignons.
On a finalement vu les cochons d'Inde. Catastrophe !
Il y en avait des blancs et des marron et des blanc et
marron, mais aucun comme Brioche.
– Tant pis, a dit Gaspard : ils sauront la vérité.
On l'a appelée Prunette.

Quand on est rentrés dans ma chambre pour faire visiter
sa cage à Prunette, on a vu la roue qui bougeait... Brioche !
Brioche était rentrée : je l'avais retrouvée.
Papa m'a dit qu'il l'avait découverte coincée
sous mon toboggan en train de déguster mon ours Elliott.
Brioche avait fait du toboggan : quelle acrobate !

La maîtresse n'a jamais rien su et je n'ai pas été punie.
Pas comme Gaspard que ses parents n'ont pas cru du tout
quand il est rentré chez lui avec Prunette en expliquant
que c'était la maîtresse qui la lui avait offerte parce qu'il
avait eu une bonne note.

Il ne sait vraiment pas bien mentir, Gaspard !
Un jour, il faudra que je lui apprenne.

La fourmi et l'éléphant,
une collection conçue et réalisée par
Anne Gutman et Georg Hallensleben,
imaginée par Pierre Marchand.

© Hachette Livre, 2008
Dépôt légal : Juin 2008 – Édition 01
ISBN : 978-2-01-225974-4
Imprimé et relié en France
par l'imprimerie Pollina, 85400 Luçon - L47086
Loi n° 49-956 du 16 juillet 1949 sur
les publications destinées à la jeunesse.

HACHETTE
Jeunesse